La délivrance

DE BOEMOND,

PRINCE D'ANTIOCHE,

ÉPISODE TIRÉ DE L'HISTOIRE DES CROISADES.

SUIVI DU FABLIAU

DE RICHARD COEUR DE LION;

Par Th. Delbare.

Paris,

MÉQUIGNON-HAVARD, LIBRAIRE,

RUE DES SAINTS-PÈRES, N° 10.

1826.

Y+

LA DÉLIVRANCE

de Boemond,

PRINCE D'ANTIOCHE.

ÉPISODE TIRÉ DE L'HISTOIRE DES CROISADES.

Poème en deux chants.

IMPRIMERIE D'HIPPOLYTE TILLIARD,

RUE DE LA HARPE, N° 78.

LA DÉLIVRANCE

DE BOEMOND,

PRINCE D'ANTIOCHE,

ÉPISODE TIRÉ DE L'HISTOIRE DES CROISADES.

SUIVI DU TABLEAU

DE RICHARD COEUR DE LION;

Par Th. Delbare.

PARIS,

MÉQUIGNON-HAVARD, LIBRAIRE,

RUE DES SAINTS-PÈRES, Nº 10.

1826.

La délivrance

DE BOËMOND,

PRINCE D'ANTIOCHE (1),

ÉPISODE TIRÉ DE L'HISTOIRE DES CROISADES.

Poéme.

CHANT PREMIER.

DEPUIS deux printemps, la Syrie
Pleurait le funeste revers
Qui, dans les champs de l'Arménie,
Avait mis Boëmond aux fers.
Tous les peuples de la province,
Latins, croisés et citoyens

---

(1) Boëmond, fils de Guiscard, était prince
de Tarente lorsqu'il suivit l'armée des croisés ; il devint prince d'Antioche après la prise
de cette ville par les chrétiens en 1097.

Demandaient à Dieu que leur prince
Sortît enfin de ses liens.
Dieu fut touché de leur prière :
Mais il prit pour le délivrer
Une voie assez singulière
Que mon récit va vous montrer.

Le gouverneur de Mélitine
Menacé de guerre intestine
Avait appelé Boëmond,
Désirant l'avoir pour patron.
Ce prince brave et politique
Avec ses chevaliers courut,
Et, dans l'instant le plus critique,
Fort à propos le secourut.
Il allait quitter la contrée
Quand l'émir, nommé Doniman,
En embuscade l'attendant,
Sur sa troupe mal préparée
Fond tout à coup et la surprend.
L'attaque est prompte et vigoureuse ;
La défense des chevaliers
Est longue et non moins généreuse.

Mais Boëmond et ses guerriers
A la fin sont faits prisonniers.
Plus d'un chrétien, dit la chronique,
Dans ce combat trouva la mort ;
Mais, sous leur valeur héroïque,
Plus d'un Turc eut le même sort.
Or cette troupe malheureuse
Avec son chef fut à l'instant,
Sous une escorte très nombreuse,
Conduite au fort de Doniman.
C'était un séjour agréable
Digne du prince et de ses preux ;
Mais quel séjour peut être aimable
Sans liberté ? Pour être heureux
Point ne faut d'esclavage ;
Aussi combien ils languissaient
Dans un long et triste servage !
Et que souvent ils gémissaient
Loin de leur nouvelle patrie !
D'ailleurs quels adoucissements
Trouver avec des Musulmans
Dont les mœurs, le genre de vie,

Les lois et la religion
Mettaient tant d'opposition
Entr'eux et la chevalerie?
Ce fut pourtant la courtoisie
Et l'humeur franche, et la gaîté,
La politesse, les manières
De nos Francs en captivité
Qui suspendirent leurs misères,
Et tantôt de leur liberté
Deviendront les causes premières.

　Leur vainqueur, l'émir Doniman,
Avait pour fille Mélanie,
D'un âge fait, sage et jolie,
N'ayant rien d'un cœur musulman,
D'un esprit fier et méthodique,
Femme de tête et riche en biens,
Tenant un nombreux domestique,
Faisant sentir à tous les siens
Son autorité despotique;
Mais juste en ses commandements,
Vive et tendre en ses sentiments.
Elle sut par la renommée

Les exploits brillants de nos preux ;
Leur gloire en Orient semée
Retentissait en tous les lieux.
Mélanie, au cœur généreux,
Conçut de l'estime pour eux.
Elle alla dans la chambre basse
Où ces preux étaient renfermés ;
Les consola dans leur disgrâce,
Goûta les récits animés
De leurs siéges, de leurs batailles ;
Apprit comment, sous leurs efforts,
Les plaines se couvraient de morts,
Les villes perdaient leurs murailles,
Les forteresses leurs remparts ;
Comment, sur leur tour fracassée,
Antioche, Tarse, Nicée
Virent flotter leurs étendards.
Dans ces entretiens Mélanie
Éprouvait un charme secret,
Et c'était toujours à regret
Qu'elle quittait leur compagnie.
Elle y remarquait chaque fois

Leur manière douce et polie,
Leur esprit gai, vif et courtois,
Et leur aimable causerie.
Par degrés l'estime en son cœur
Prit un caractère plus tendre.
Aisément on peut le comprendre :
Qui n'est pas sensible au malheur ?
Femme est toujours compatissante:
C'est la première qualité
Qui nous la rend intéressante:
Sans la pitié qu'est la beauté ?
Pour vous dire si Cupidon
Ne fit pas la métamorphose
C'est ce qu'en ce moment je n'ose ;
Mais en vous peignant Boëmond,
Peut-être on saisira la chose.
Je vous copierai son portrait,
D'après l'éloge qu'en a fait
Une femme auteur et savante,
Qui, de la tête jusqu'aux pieds,
Connut le prince de Tarente.
Si quelques traits sont oubliés,

Excusez ma plume prudente.

　　Par sa stature Boëmond
Passait les grands d'une coudée ;
Sa haute taille et son renom
L'un de l'autre donnaient l'idée.
Son corps était ferme et nerveux ;
Ses membres étaient vigoureux,
Et sa large et vaste carrure
D'un athlète offrait la structure ;
Il avait le teint coloré,
L'œil bleu, le regard assuré,
Les cheveux blonds, l'air redoutable,
Pourtant le sourire agréable ;
Discourant toujours à propos,
Choisissant, mesurant ses mots,
Et parlant avec éloquence ;
Se dirigeant par la prudence,
Ambitieux, entreprenant,
Adroit, fin, rusé, prévoyant ;
Dans ses moyens toujours habile
En ressources toujours fertile.
De Boëmond voilà les traits ;

Du moins c'est ainsi qu'à peu près
Une princesse, Anne Comnène,
Dans son amour et dans sa haine,
De Guiscard nous a peint le fils.
Or, si la fille d'Alexis,
De tous les Latins ennemie,
Dans son ame un peu radoucie,
Éprouva ne sais quel émoi
Près d'un prince qui fut l'effroi
De son père et de sa patrie,
Jugez si notre Mélanie,
Exempte des préventions
Que l'on nourrissait dans la Grèce,
De son cœur put rester maîtresse
Contre tant de perfections.
Une femme, pour l'ordinaire,
Veut d'abord se faire un mystère
De ce vif et doux mouvement
Qui d'amour est commencement.
Mélanie, en fille discrète,
Pensant pour tous nos prisonniers
Avoir même pitié secrète

Leur donna des soins journaliers ;
Fit pour eux ce qu'on peut attendre
'une femme sensible et tendre,
't par ces soins officieux
arvint quelquefois à suspendre
e poids de leurs jours ennuyeux.
ans ses visites répétées
n ne parla plus de combats ;
'autres questions agitées
menèrent quelques débats.
érusalem et sa conquête,
e saint sépulcre délivré
u joug honteux du faux prophète;
J'étendard du Christ arboré
ans les saints lieux où l'islamisme
aguère exerçait les fureurs
e son absurde fanatisme ;
es mystères et les terreurs
u'à l'esprit offre l'Évangile,
furent un texte fréquent
ù la fille de Doniman
ontrait une raison docile.

2.

nand l'esprit cède au sentiment
a conviction est facile.
ussi Mélanie en son cœur
bjurant un culte imposteur,
t des mœurs des siens dégoûtée,
ar l'amour peut-être emportée,
orma le généreux projet
e renoncer à Mahomet.
　Dans l'état de trouble et d'alarmes
ù l'empire des Musulmans,
aincu par la force des armes,
édait aux nouveaux conquérants;
orsque les princes Seljoucides,
Se disputant l'autorité,
Dans le sang et les parricides
Croyaient trouver leur sûreté,
Doniman tremblant pour lui-même,
Entre divers soins partagé,
Et par les partis engagé
Au milieu d'un péril extrême,
Sur sa fille fermait les yeux,
Ou paraissait la laisser faire.

Le prince Soliman , son frère ,
Enflé d'orgueil , ambitieux ,
Soudain conduisant une armée
D'un ramas de soldats formée ,
Envahit sa principauté.
Doniman irrité s'apprête
A punir sa témérité,
Et dans une plaine s'arrête ,
L'attendant pour livrer combat.
Mélanie, à qui ce débat
Semble offrir un moyen propice
D'exécuter ses grands complots ,
Aux chrétiens s'adresse en ces mots ,
« J'entends vanter votre milice,
» Depuis long-temps : de l'éprouver
» Le moment pour moi se présente ;
» Dans la nécessité pressante
» Où mon père va se trouver,
» J'ai recours à votre assistance.
» — Commandez à notre vaillance ,
» Lui répond le fils de Guiscard ,
» Nous irons sous votre étendard
» Avec l'épée, avec la lance.

» Sous vos yeux les Francs combattront ;

» Comptez, maîtresse généreuse,

» Que sous leur ardeur belliqueuse

» Vos ennemis succomberont.

» — Promettez-moi, dit Mélanie,

» Par la foi qui vous fait chrétiens,

» Qu'après la bataille finie,

» Ne suivant d'ordres que les miens,

» Vous ne ferez point d'entreprise

» Qui les dérange ou contredise.

» Engagez-moi donc votre honneur,

» Et je vais vous ouvrir mon cœur. »

Boëmond donne sa promesse :

Chacun des chevaliers s'empresse

De l'imiter. « — Oh, maintenant,

» Reprit d'un air plein d'allégresse,

» La fille du prince croyant,

» Je compte sur votre promesse ;

» J'en suis sûre, vous la tiendrez.

» Allez combattre pour mon père ;

» S'il triomphe, ainsi que j'espère,

» Soudain ici vous reviendrez.

» Ne poursuivez pas dans leur fuite

» Les ennemis épouvantés ;
» Restez armés sous ma conduite,
» Suivez en tout mes volontés.
» Pendant ce temps je fais descendre
» Les soldats qui gardent la tour ,
» Et jusques à votre retour
» Placés en bas ils vont défendre
» Et les portes et le château ;
» Quand chargés d'un laurier nouveau
» Vous reviendrez , les sentinelles
» Iront, à mon ordre fidèles ,
» Vous rendre vos fers; mais soudain
» Jettez-vous brusquement sur elles ;
» Saisissez-les , chargez leurs mains
» Des chaînes pour vous préparées:
» Je feindrai de trembler pour moi
» Et vous fuirai pleine d'effroi.
» Du palais et de ses entrées
» Rendez-vous maîtres aussitôt ;
» Gardez surtout la forteresse
» Jusqu'à ce que dans sa détresse ,
» Mon père se voyant tantôt ,

» Sans biens, sans trésors, sans puissance,

» Vous accorde sans résistance

» Et la paix et la liberté.

» De votre entreprise irrité

» S'il veut se venger sur moi-même,

» Vous, braves chevaliers que j'aime,

» Ah ! vous viendrez à mon secours. »

Mélanie, après ce discours,

Arme la troupe prisonnière,

Et l'envoie au camp de son père.

Elle avait à ses intérêts

Attaché, par son éloquence,

Leurs gardes dont la vigilance

Pouvait traverser ses projets.

« Je crains, leur avait-elle dit,

» Je crains pour nous et pour le prince,

» Le parti qui, dans la province

» Chaque jour croît et s'agrandit.

» Et mon père, trop magnanime,

» Ne veut pas de ces étrangers,

» Même au milieu de ces dangers,

» Implorer l'appui légitime ;

» Mais du pouvoir qu'il m'a remis
» Usant pour son propre avantage,
» Pour un moment de l'esclavage
» Je vais tirer ces ennemis.
» S'ils nous procurent la victoire,
» A nous seuls le fruit et la gloire ;
» S'ils périssent dans le combat,
» Nous aurons délivré l'état
» De ces hommes dont la croyance
» Est en horreur au Sarrasin. »
Les gardes goûtant ce dessein,
Avaient loué sa prévoyance.

　Mais déjà nos preux sont au camp,
Brûlant tous d'une ardeur guerrière ;
Déjà Doniman et son frère
Engagent un combat sanglant.
Les chevaliers à coup de lance
Fondent sur les rangs ennemis ;
La victoire un moment balance
Et flotte entre les deux partis.
Mais un incident fort étrange
En peu d'instants va la fixer :
Boëmond sur une phalange

Se porte, prêt à l'enfoncer.
O plaisir ! ô surprise extrême !
Soudain il reconnaît Roger ;
Roger le reconnaît de même,
Et de parti s'en va changer.
Déplorant depuis deux années
Le triste sort de Boëmond,
Roger cherchait l'occasion
De le rendre à ses destinés.
Instruit enfin que Soliman
Formait entreprise nouvelle
Contre l'état de Doniman,
Il avait offert au rebelle
Le secours des siens et son bras,
Espérant qu'en reconnaissance
Il obtiendrait la délivrance
De son oncle (1) et de ses soldats.
Jugez un peu quelle est sa joie,
Quand il aperçoit Boëmond,
Qu'il croit au fond d'une prison

---

(1) Boëmond était cousin ou oncle, à la
mode de Bretagne, du prince Roger.

Au chagrin , aux soucis en proie.
Sa troupe et lui sans hésiter
Tout aussitôt font volte face
Et tombent à grands coups de masse
Sur ceux qu'ils venaient assister.
Par cette attaque si soudaine
La victoire à se décider
Ne fut pas long-temps incertaine.
Marcibal veut la retarder :
Ce prince, jeune et téméraire ,
Était le fils de Soliman,
Et fort aimé de Doniman,
Malgré les fautes de son père.
Témoin de la défection
De cette troupe auxiliaire ,
Il tremble, frémit de colère ;
Dans sa folle présomption ,
Il court attaquer Boëmond ;
Il le menace, le harcèle ,
Lui porte des coups répétés
Sous lesquels lui-même chancèle.
Tel , par ses importunités ,
D'un dogue irritant l'humeur fière ,

ombe sous sa dent meurtrière

n roquet enfin châtié

e ses bravades impuissantes.

el Marcibal humilié

ombe sous les armes pesantes

u redoutable Boëmond,

ui, du tranchant de son épée,

u sang payen déjà trempée,

oupe la tête au fanfaron.

'pargnez, épargnez, s'écrie

oniman tremblant pour sa vie,

'est mon neveu, c'est Marcibal ;

J'ai cru porter ce coup fatal

A votre ennemi capital, »

ui repond d'un air de surprise

oëmond dont le cœur est plein

'un plaisir secret qu'il déguise,

Lorsque j'immolais ce vilain

A Doniman je pensais plaire. »

Cependant de l'orgueilleux frère

Les bataillons sont enfoncés ;

Partout commence le carnage :

Aux cris des mourants, des blessés,

Soliman, transporté de rage,
Quitte ses armes et s'enfuit;
Doniman au loin le poursuit.
Mais fidèles à Mélanie,
Les chrétiens reviennent au fort;
Et Roger et sa compagnie
Leur servent de nouveau renfort.
Les Francs retrouvent la princesse
Qui les attend près de la tour,
Aspirant après leur retour.
En les voyant elle s'adresse
Aux sentinelles en ces mots :
« Ces Francs sont braves et loyaux,
» Ils ont fait triompher mon père ;
» Ils en recevront un salaire
» Digne de leur noble secours
» Et de l'honorable esclavage
» Qu'ils ont souffert avec courage
» Pendant de longs et tristes jours.
» A leur promesse ils sont fidèles ;
» Mais allez, vous, sentinelles,
» Allez au-devant de ces preux,

» Désarmez leurs bras généreux,
» Et les remettez dans leur chaîne.»
    Aux ordres de leur souveraine
Les gardes s'avancent soudain
Vers la troupe victorieuse,
S'étonnant pendant le chemin
De la retrouver si nombreuse.
A peine ils sont près des guerriers,
Que ces braves les environnent,
Les désarment, les désarçonnent,
Les font eux-mêmes prisonniers.
Ils entrent dans la citadelle
Et s'en rendent maîtres sans bruit.
La princesse pendant la nuit,
Dans le palais les introduit;
Et pleine d'ardeur et de zèle,
Partout les guide et les conduit,
Leur montre les lieux où son père
Garde ses biens et ses trésors,
Leur fait voir tous les corridors,
Et leur dit ce qu'ils devront faire
Lorsque le prince avec sa cour

Au château sera de retour.
Boëmond et sa compagnie ,
Groupés auprès de Mélanie ,
Admirent sa vivacité
Son esprit et sa prévoyance ,
Et la naïve confiance
Qu'elle montre en leur loyauté.
Mais Boëmond , en homme habile ,
Avait pénétré de son cœur
Le secret et le vrai mobile.
Sa conduite adroite et subtile
Les tourna contre son vainqueur.
Il voulut être plus aimable
En se voyant sûr d'être aimé ,
Et comme il était animé
D'un sentiment peu favorable ,
Il ne voulut point l'égarer
Par des promesses mensongères ,
Ni pourtant la désespérer
Par de prompts aveux trop sincères.
Jamais sur lui l'ambition ,
Guidant son esprit flegmatique

Ne souffrit qu'autre passion
Prît un empire despotique.
Sa politique cependant
Ne le rendait toujours aimable;
Car un chroniqueur Bas-Normand
Prétend qu'au siége mémorable
De cette fameuse cité
Qui devint sa principauté,
Boëmond, devant Antioche,
Sans pitié fit mettre à la broche
Quelques espions musulmans
Qui s'étaient glissés dans ses camps.
C'était, ajoute la chronique,
Dans son vieux langage gothique,
Pour guérir tous les mécréants
De l'aventureuse manie
De faire le métier d'*espie* ;
Mais les chroniqueurs de ce temps
Peut-être étaient comme les nôtres,
Menteurs, crédules, médisants,
Au demeurant fort bons apôtres.

Chant deuxième.

Déja l'amante de Céphale
De la nuit soufflant la vapeur,
Dorait la rive orientale,
Quand l'émir Doniman vainqueur,
Après avoir de sa frontière
Chassé les soldats de son frère,
Revint avec ses officiers,
Couverts comme lui de lauriers.
Notre héroïne Mélanie
De jeunes compagnes suivie
Se présentant d'un air joyeux :
« Salut ô vainqueur glorieux ! »
Lui dit-elle. Soudain, son père
Lui répond d'un air de courroux :
« Fille perverse, taisez-vous. »
Si mon chroniqueur est sincère

Le prince usa d'un mot latin
Qui rime richement en tain.
Mais la fille d'un chevetain
Devait-elle être ainsi traitée?
L'épithète non méritée
Couvrit d'une vive rougeur
Le visage de Mélanie;
Et Doniman dans sa fureur
Continuant son avanie :
« Vos feintes salutations,
» Dit-il, et vos fausses caresses
» Me sont autant de trahisons.
» Perfide ! nos lois vengeresses
» Servant mon trop juste courroux,
» Puniront demain votre injure.
» Par Mahomet, oui, je le jure,
» Vous mourrez, vos amants et vous.
» Ma fille oser donner des armes
» A nos plus cruels ennemis !
» Ce méfait contre moi commis
» Demande du sang et des larmes. »
Doniman ne savait encor
De ses gardes l'étrange sort ;

Que les Francs, dans la citadelle,
Placés alors en sentinelle,
Bientôt contre lui révoltés,
Lui dicteraient leurs volontés.
Le courage de Mélanie
Est cependant fort ébranlé,
Elle fuit plus morte qu'en vie
Dans son cabinet reculé.

Mais peu de temps après son père,
Toujours transporté de colère
Devant lui la fait revenir :
Mélanie en tremblant s'avance,
Seule et n'ayant d'autre défense
Que sa vertu, que sa constance.
Les officiers de notre émir,
Par leurs regards, leur contenance,
Annonçant aussi la vengeance,
Augmentent encore son émoi,
« Las, que vont-ils faire de moi, »
Dit-elle de terreur saisie.
Doniman élevant la voix,
L'accable une seconde fois

De reproches et de menaces,
Et les officiers de leurs places
A sa colère, tour-à-tour,
Du signe et du geste applaudissent.
Mais pendant que tous la maudissent,
Boëmond sortant de la tour,
Au palais soudain se présente,
Suivi des chevaliers armés.
Le prince est saisi d'épouvante,
Ses conseillers sont alarmés;
L'espoir renaît pour Mélanie.
Boëmond fait envelopper
Doniman et sa compagnie;
Du palais il fait occuper
Les portes et les avenues,
Ferme aux Turcs toutes les issues.
Mais dans ce critique moment,
Se souvenant de la promesse
Qu'il a donnée à la princesse,
Il attend son commandement,
Et tient les yeux fixés sur elle.
Boëmond dans la citadelle

Occupait le haut de la tour ,
Quand une suivante fidèle
En hâte traversant la cour ,
Et , craignant tout pour Mélanie,
L'avait averti du danger
Qu'au palais courait son amie.
Alors Boëmond et Roger,
Avec leur troupe réunie ,
Tous deux volant à son secours ,
Avaient , en arrêtant le cours
Des invectives de son père,
Éteint le feu de sa colère.
La présence de Boëmond ,
Comme aisément on le devine ,
Venoit de rendre à l'héroïne
Toute sa force et sa raison;
Aussi d'un air de complaisance
Où se peint la reconnaissance ,
Elle lève ses beaux yeux bleus ,
Que lentement elle promène
Sur ces chevaliers généreux ;
Et de ses longs cheveux d'ébène

Écartant les flottants anneaux ,
A son père adresse ces mots :
« C'est vraiment à tort, mon père ,
» Que vous montrez tant de colère ;
» Que de vos malédictions
» Vous me chargez outre mesure
» Pour une prétendue injure,
» Et par vos imprécations
» Dans mon cœur jetez l'épouvante.
» N'ai-je pas, contre votre attente,
» Ménagé le secours heureux
» De ces guerriers dont la vaillance
» Vous a rendu victorieux ?
» Sans mon adroite prévoyance
» Votre triomphe était douteux.
» N'est-ce pas ces Francs généreux
» Qui sur la phalange ennemie
» Se sont portés avec furie ,
» Et l'ont tout-à-coup désunie?
» Considérez leur loyauté.
» Par eux vous fûtes assisté ;
» Ils vous ont couronné de gloire ,

» Et vos ennemis dispersés

» N'ont pu disputer la victoire.

» Lors , de leurs fers débarrassés

» Les Francs pouvaient de leur province

» Gagner librement le chemin.

» Ils ont rejeté ce dessein ;

» Et voulant saluer le prince

» Dont ils ont si bien mérité ,

» Ils sont venus dans l'espérance

» Que sa juste reconnaissance

» Égaleroit leur loyauté.

» Ils ont la main sur leur épée ;

» S'ils le veulent, dans notre sang ,

» Elle sera soudain trempée.

» Ils sont les maîtres maintenant

» Du palais, de la citadelle,

» De vos gardes, de vos trésors ;

» Vous ne pouvez , sous leur tutelle,

» Attendre secours du dehors.

» Pensez-y , pensez-y , mon père

» Et sur ce que vous devez faire

» Interrogez vos conseillers. »

A ces mots la jeune princesse
Se tournant vers les chevaliers,
Jette un regard dont la finesse,
Se mêlant à l'autorité,
Leur impose sa volonté.
Le prince à l'écart se retire,
Suivi de tous ses officiers,
Bientôt avec ses conseillers
A Mélanie il revient dire :
« Ma fille, avant tout, nous voulons
» Savoir votre avis, vos raisons.
» Je n'hésiterai point, dit-elle,
» A vous déclarer franchement
» Ma pensée et mon sentiment.
» Avec cette troupe fidèle
» Jurez une paix solennelle ;
» Échangez tous vos prisonniers.
» A Boëmond, à ses guerriers
» Donnez la juste récompense
» Que méritent leur assistance
» Et leur glorieuse prison.
» Sachez aussi que ma raison,

» Des chrétiens goûtant les mystères,
» Embrasse et leur culte et leur foi ;
» Que conduite par ses lumières
» Des miens je rejette la loi.
» L'une est honnête et vénérable ;
» La vôtre est vaine et condamnable :
» Je ne veux plus vivre avec vous. »
Les Turcs, frémissant de courroux,
A ces paroles sacriléges,
S'agitèrent tous sur leurs siéges,
Et par des gestes menaçants
Marquèrent leurs ressentiments ;
Mais lors ne pouvant satisfaire
Et leur vengeance et leur colère,
L'air animé, le regard furieux,
Ils examinèrent entre eux
Quel parti leur restait à prendre.
   Pendant leurs secrets entretiens
Mélanie explique aux chrétiens
Ce qu'il faut encor entreprendre :
» Braves guerriers tant éprouvés
» Par des traverses si nombreuses,

» Par des conquêtes périlleuses,

» Vous dans ces pays arrivés

» Malgré tant d'obstacles pénibles,

» Et qu'un courage si constant

» Rendit tant de fois invincibles;

» Au nom de ce Dieu tout-puissant

» Dont vous louez la providence,

» Gardez ici cette constance.

» Pour assurer de vos projets

» Commencés par d'heureux succès,

» L'exécution tout entière,

» Votre héroïque fermeté

» Vous est encore nécessaire.

» Combien mon père est irrité!

» Ah! n'en doutez point, il machine

» De vous et de moi la ruine.

» Jusqu'ici vous avez tenu

» L'accord entre nous convenu :

» De votre parole assurée

» Je n'exige plus rien de vous;

» Mais contre de funestes coups

» Tenez la troupe préparée :

Fortifiez de toutes parts.

La citadelle et les remparts,

» Fermez partout les avenues,

» Gardez avec soin les issues;

» Car si mon père s'échappait,

» Contre vous il rassemblerait

» Tous les peuples du voisinage;

» Et par un siége rigoureux,

» Que suivrait un traité honteux,

» Prolongerait votre esclavage;

» Ou, vous accablant sous ses coups.

» Vous ferait ici périr tous.

» Enfermez les siens et mon père

» Dans une salle du palais :

» Par une rigueur nécessaire

» Vous les forcerez à la paix;

» Mais évitez, je vous en prie,

» Évitez de verser du sang.

» Je vous recommande leur vie,

» A vous, seigneur, que l'on dit grand

» Par le courage et la prudence.

» Dès lors je serai votre sœur,

» Et dans cette étroite alliance

» Faite au nom de Jésus Sauveur

» Je suivrai votre destinée

» Ou malheureuse ou fortunée. »

    A la fille de Doniman

Le prince Boëmond docile,

Trouvant son conseil fort utile,

L'exécuta joyeusement.

Avec une rigueur égale

L'émir et les siens enfermés,

Sont par des chevaliers armés

Gardés dans une même salle.

D'autres soldats en divers lieux

Jour et nuit sont en sentinelle;

Boëmond dans la citadelle

Commande en maître impérieux;

Et, par des mesures prudentes,

Il permet qu'aux Turcs renfermés

Eunuques, femmes et suivantes

Portent leurs soins accoutumés.

    Doniman, captif de sa fille,

Captif dans sa propre maison,
Gémissait avec sa famille
Sur son étonnante prison.
Il maudissait le grand prophète,
Il accusait, dans ses fureurs,
Parents, amis et serviteurs;
Et, bien près de perdre la tête,
Il reprochait à ses voisins,
Qu'il disait traîtres, inhumains,
De l'abandonner sans vengeance,
Si misérablement traité,
Au sein même de sa puissance,
Par un prisonnier révolté.

Quinze fois l'astre de lumière
Vint recommencer sa carrière
Sans que le triste Doniman
Éprouvât d'adoucissement.
Mais notre héroïne, au contraire,
Dans une liberté plénière,
Recevoit de nos chevaliers
Un tribut de reconnaissance
Et des hommages journaliers;

Et quoi que peut-être on en pense,
Ce fut en tout bien, tout honneur.
Au milieu de sa cour nouvelle,
Des preux elle voyait la fleur;
Leurs vœux et leurs soins auprès d'elle
Touchèrent sans doute son cœur.
Quelle est la femme jeune et belle
Qui repousse un encens flatteur?
Mais Mélanie, en fille sage,
Traita toujours ses courtisans :
Son cœur tendre n'était volage.
Roger, au printemps de ses ans,
Se montra pourtant redoutable :
Aucun preux n'était plus aimable,
Aucun plus fait pour être aimé.
Déjà doublement consommé
Dans l'art de se battre et de plaire,
Il joignait le myrthe aux lauriers.
Brave, intrépide dans la guerre,
Il égalait les vieux guerriers;
Poli, galant avec les belles,
Ses nombreux succès auprès d'elles

Surpassaient, dit-on, ses lauriers.
La conquête de Mélanie
Parut digne de son grand cœur;
Il y vit et gloire et bonheur.
Ses doux propos, sa courtoisie,
Son esprit, sa vivacité,
Et même sa légèreté,
Sans doute auraient de la princesse
Gagné l'estime et la tendresse,
Si l'oncle n'eût sur le neveu
Obtenu déjà dans son ame,
D'une amoureuse et vive flamme,
Le secret et pudique aveu;
Mais les qualités si brillantes
De notre Roger soupirant
Eurent sur une des suivantes
Un effet encor plus puissant.
Fatime, jeune, intéressante,
De sa maîtresse confidente,
Avait du prince de Tarente
Provoqué le secours heureux
Qui, sauvant à temps Mélanie

Des mains d'un conseil furieux,
Venait de préserver sa vie.
Fatime possédait cent dons
Qui surent plaire à sa maîtresse :
Enjoûment, gentilles façons,
Grâces, fidélité, tendresse,
Esprit orné, riche et brillant,
Caractère un peu pétulant,
A ces qualités tout aimables
Joignez des traits fort agréables :
Teint de blancheur éblouissant,
OEil noir et vif, regard perçant,
Épaisse et brune chevelure
Ombrageant sa douce figure ;
Taille fine, pleine d'attrait,
De Fatime c'est le portrait.
Elle seule paroît surprise
Que chacun des aimables preux
Et la recherche et la courtise,
Tandis que Roger est entre eux
Le seul qu'elle distingue et prise.
Notre héroïne à qui son cœur

N'a pu cacher sa tendre ardeur,
De tous ses vœux le favorise.
Mais d'autre côté Boëmond,
Qui de Roger voit la poursuite,
Gouvernant toujours sa conduite
Sur ses projets d'ambition,
Encourage et nourrit sa flamme,
En lui découvrant de son ame
L'indifférence et le secret,
Et continue à Mélanie
Mêmes soins, même courtoisie
Dont elle à le cœur satisfait.
Fatime, que l'amour éclaire,
Voit cependant avec regret
Que Roger, beaucoup plus sincère
Dans son ardeur et dans ses vœux,
Auprès de sa jeune maîtresse
Met plus de chaleur, de tendresse,
Que l'oncle avec sa politesse.
Fatime aurait bien désiré
Que Boëmond eût soupiré
Autant que lui pour la princesse :

Elle eût pour soi mieux espéré.
Son cœur n'en conçoit jalousie,
Mais elle s'alarme en secret;
Elle a bien peur qu'à Mélanie
L'amour ne fasse un mauvais trait.

Cependant l'émir, dont les craintes
Et l'avis de ses conseillers
Ont enfin modéré les plaintes,
Offrant la paix aux chevaliers,
Promet de remettre à leur prince
Sa fille et tous les prisonniers
Qui languissent dans sa province.
A ces offres de Doniman,
La prévoyante Mélanie
Du traité fort adroitement
Propose ainsi la garantie :
« Il est, dit-elle, très aisé
» De donner de belles promesses
» Qui souvent ne sont que finesses
» Par quoi l'on se voit abusé.
» Celles qu'on vous fait sont flatteuses,
» Mais peuvent être aussi trompeuses.

» Tenez donc ce que vous gardez

» Jusqu'aux succès qu'en attendez.

» Qu'un messager aille en Syrie

» De ce traité porter copie,

» Et qu'il demande au gouverneur

» Une troupe qui vous suffise

» Pour vous garantir de surprise

» Et vous soit escorte d'honneur. »

Cette ouverture est applaudie.

Un chevalier est député

Vers le gouverneur de Syrie

Pour lui faire part du traité

Qui brise les fers de leur prince.

Tancrède y commandait alors :

Vous jugez avec quels transports

Le gouverneur et la province

Apprirent ce qui se passait.

Dans Antioche l'allégresse

De toutes parts retentissait.

Aussitôt Tancrède s'empresse

De rechercher tout musulman

Retenu captif en Syrie,

Et forme une escorte choisie
Pour les conduire à Doniman
Et ramener la troupe amie.
Or pendant ce temps Boëmond
Faisait des visites fréquentes
A notre émir dans sa prison.
Par ses paroles éloquentes,
Ses manières insinuantes,
Il vint à bout de le calmer
Et presque de s'en faire aimer.
L'escorte arrive de Syrie :
Elle est avec de grands honneurs
Par le musulman accueillie;
Elle en reçoit toutes faveurs,
Est entretenue et nourrie
Aux frais de son riche trésor
Et logée aussi dans le fort.
Enfin une paix solennelle,
Et qui devait être éternelle,
Fut jurée avec grand serment
Sur l'Évangile et l'Alcoran
Par Boëmond, par Doniman.

De joie et d'amour transportée
Mélanie, avec sa maison,
Quitte son père, sans façon,
Sans regret et non regrettée,
Suivant de nos preux chevaliers
L'escorte bruyante et nombreuse.
L'émir, avec ses officiers,
D'une humeur un peu moins joyeuse,
Et de ses hôtes un peu las,
Jusqu'aux confins de ses états
Les conduit en cérémonie.
Boëmond, Roger, Mélanie,
Devant Antioche arrivant,
Aperçoivent en longue file
Tous les habitants de la ville
Qui devant eux viennent chantant.
Boëmond dans sa capitale
Entre comme un guerrier vainqueur,
Dans une pompe triomphale,
Au milieu des cris du bonheur.
Mélanie, aux chrétiens fidèle,
Dans le baptême renouvèle

L'alliance faite avec eux.

En prononçant les mêmes vœux

Fatime s'engage comme elle ;

Mais la fille de Doniman

Attend un plus doux sacrement.

Boëmond, qui le sait, convoque

Ses barons, ses principaux preux,

La fait paraître devant eux,

Et, ne gardant plus l'équivoque,

Lui tient franchement ce discours :

« Vierge noble autant que prudente,

» O vous qui, contre notre attente,

» Êtes venue à mon secours,

» Et qui, bravant de votre père

» Les menaces et la colère,

» Avez, quoique payenne encor,

» Méprisé le danger de mort

» Pour Jésus et son Évangile,

» Et pour vous attacher à nous ;

» Vous, aujourd'hui notre pupille,

» Parmi ces preux prenez l'époux

» Que votre estime vous indique ;

» Car ce nous serait chose inique

» De nous opposer à vos vœux.

» Vous à qui la reconnaissance

» M'attache par de si doux nœuds,

» Ecoutez avec bienveillance

» Ce que mon cœur et mon devoir

» Ont tous deux à vous faire entendre:

» Doniman, forcé de se rendre

» Vous a remise à mon pouvoir;

» A votre sort je dois pourvoir ;

» Mais sachez que dès ma jeunesse

» Je n'ai point connu le repos ;

» Dans les dangers, dans les travaux

» Je suis né, j'ai vécu sans cesse.

» J'en ai supporté de bien grands,

» Peut-être de plus grands m'attendent:

» De tous côtés les Musulmans

» Contre moi s'unissent, s'entendent;

» Le Grec me menace toujours.

» J'ai fait vœu durant les longs jours

» De mon ennuyeux esclavage,

» Que si des fers du Sarrasin

» Je pouvais être libre enfin,

» J'irais voir en pélérinage

» Saint-Léonard du Limousin.

» Si de ma légitime excuse

» Je vous expose les raisons,

» C'est pour qu'ensuite on ne m'accuse

» De faussetés, de trahisons.

» Je ne veux voir en Mélanie

» Qu'une fille, une sœur chérie.

» Je ne veux point former des nœuds

» Qui rendraient un cœur malheureux.

» Quel plaisir pourriez-vous attendre

» D'une union intime et tendre,

» S'il me fallait le lendemain,

» Du jour où j'aurais votre main,

» Traverser et la terre et l'onde

» Et me porter au bout du monde ?

» O faites donc choix entre nous

» D'un autre que moi pour époux !

» Voilà Roger qui, par son âge

» Et par plus d'un autre avantage,

» L'emporte sans doute sur moi.

Son cœur vous a donné sa foi.
Il m'égale par sa noblesse,
Par son pouvoir, par sa richesse.
J'approuverai votre union.
Puisse-t-elle être longue, heureuse ! »
s barons la troupe nombreuse
nne son approbation ;
ais Mélanie est atterée ;
discours, comme un noir poison,
ace son cœur et sa raison.
figure en est altérée.
s chevaliers en grand concours
nt aussitôt à son secours.
ger s'alarme et s'inquiète ;
ëmond est saisi d'effroi,
Fatime n'est plus à soi.
princesse reste muette.
temps en temps de larges pleurs,
ne de ses vives douleurs,
ses yeux se faisant passage,
ulent sur son pâle visage ;
n état touche tous les cœurs.

Les soins donnés à Mélanie
Par degrés lui rendent la vie ;
Bientôt dans son appartement
Elle est par les siens emmenée.
Là, revenue au sentiment,
D'elle-même tout étonnée,
Par des soupirs, par des sanglots,
Elle exhale enfin sa tristesse,
Et fait entendre quelques mots
Et de regret et de détresse.
Fatime, pour l'encourager,
Adroitement lui fait entendre
Combien le valeureux Roger
Pour elle paraissait plus tendre,
Et mieux que l'oncle Boëmond
Méritait son affection :
« Ce mariage, lui dit-elle,
» A réuni de tous les preux
» L'approbation solennelle,
» Pourrait-il manquer d'être heureux ?
» Ne me vantiez-vous pas vous-même
» Son esprit et sa loyauté,

» Ses grâces, sa vivacité ?.....

« —Quoi donc, Fatime, toi qui l'aime,

» Tu me conseilles de l'aimer !

Répond à la fin Mélanie,

Que ce discours vient ranimer.

» Oui, pour vous je me sacrifie

» Et n'hésite point, dès ce jour,

» A renoncer à mon amour,

» Répartit vivement Fatime,

» Si vous accordez à l'estime

» Ce qu'un plus tendre sentiment

» Esperait, hélas ! vainement

» Donner au prince d'Antioche.

» Plainte, regret, courroux, reproche,

» Tout est inutile aujourd'hui ;

» Tout est changé pour vous, pour lui.

» Voulez-vous rester étrangère

» Au milieu de ces étrangers ?

» Vous êtes sans appui, sans père.

» Honneurs et biens, maux et dangers,

» Vous devez courrir leur fortune ;

» La mienne à la vôtre est commune.

5.

» Quand pour assurer le bonheur

» D'une maîtresse tant aimée

» Je lui sacrifie une ardeur

» En moi, sans espoir, allumée,

» A quel mérite, à quel honneur

» Par là pourrai-je donc prétendre ?

» De votre sort, triste ou riant,

» Mon sort ne doit-il pas dépendre ?..»

A ce discours vif et pressant

Mélanie, émue, attendrie,

Serrant Fatime sur son cœur,

L'arrose de pleurs et s'écrie :

» Chère Fatime, le bonheur

» Trahit souvent nos espérances.

» Nous croyons trop les apparences;

» Les vertus sont le seul vrai bien;

» Je l'éprouve en cet entretien.

» Ta fidélité courageuse,

» Ton ame grande et généreuse

» De sentiment me font changer.

» Oui, mon époux sera Roger;

» Mais Fatime à mon sort unie

» Sera toujours ma tendre amie ».
Après avoir séché ses pleurs
Et triomphé de ses douleurs ,
La confiante Mélanie ,
A l'autel en cérémonie,
Va prendre Roger pour époux,
En formant un lien si doux
Roger fait vœu d'être fidèle.
Cette promesse solennelle
Fera sans doute leur bonheur.
S'il faut croire le chroniqueur ,
Fatime sembla destinée
A consoler plus d'un malheur,
Et sa maîtresse condamnée
A plus d'une épreuve du cœur.
Mais ma tâche est enfin remplie :
L'entreprise de Mélanie
Pour Boëmond est accomplie.
Ici s'offre un sujet nouveau
Sur quoi je tire le rideau.

DE

RICHARD COEUR DE LION.

Fabliau

DE

RICHARD CŒUR DE LION.

Ce roi de célèbre mémoire,
Si bien nommé Cœur de Lion,
Qui partit un jour d'Albion
Pour aller chercher de la gloire
Dans les campagnes de Sion,
Qui trouva plus d'une aventure
Digne d'un héros pélerin,
Et donna tant de tablature
Aux mécréants, à Saladin ;
Richard, si vaillant et si brave,
Et qui, pourtant, comme un esclave,
Pendant un an fut dans les fers,
Savait, dit-on, faire des vers (1).
Témoin la fable ingénieuse
Qu'il contait à ses courtisans,

---

(1) Le roi Richard s'étoit fait agréger à la
société des Troubadours provençaux, en 1199.

Afin de leur rendre odieuse
L'ingratitude, de tout temps,
Familière chez les grands.

    Un riche noble de Venise,
A la veille de marier
Sa jeune fille unique Elise
Avec un fort gros financier,
S'en va, dans la forêt voisine,
Chasser au lièvre, au sanglier,
Pour ajouter à sa cuisine
Quelque beau plat de son métier.
Tandis qu'à perdre haleine,
Le chasseur, nommé Vitalis,
Bat les buissons et les taillis,
Et que, dans l'ardeur qui l'entraîne,
L'arc à la main, le nez au vent,
Il pense abattre une victime,
Sous ses pas la terre s'ouvrant,
Soudain il tombe en un abîme.
Je dis abîme et pour raison,
C'était une fosse creusée
Avec un art et de façon,
Qu'en sortir n'était chose aisée.

Ce piége avait été dressé
Pour faire cesser les ravages,
De certains animaux sauvages.
Imaginez un cône renversé
Qui du haut jusques à sa base,
Par degrés s'élargit, s'évase,
Et dont l'immense cavité
De salut n'offre aucune voie.
A quelle terreur fut en proie
Notre chasseur précipité
Dans cette profonde embuscade,
  Quand il se vit le camarade
De deux énormes animaux,
Dont la terrible compagnie
Va sans doute finir sa vie,
Et mettre son corps en lambeaux!
Tout tremblant d'effroi, de surprise,
Il fait le signe de la croix,
En l'honneur de la sainte Église,
Et dit son *in manus* trois fois.
Eh, quoi de mieux pouvait-il faire?
Dans le péril on est dévot:

6

Dans la tempête d'ordinaire
Agit ainsi le matelot.
Or les compagnons redoutables
De notre chasseur pénitent
Étaient un lion, un serpent,
Qui, sous les signes vénérables,
De l'auguste rédemption,
Déposant tout-à-coup, leur rage,
Font acte de soumission.
Vitalis de leur voisinage
Commence à se remettre un peu,
Crie au miracle et bénit Dieu.
Mais demeurer en pareil lieu
Et faire quelque temps ménage
Avec ces deux fiers commensaux,
C'était chose fort périlleuse.
La faim, la soif ou d'autres maux
Devaient, en faisant trois rivaux,
Causer aventure fâcheuse.
Vitalis y pensait, il gémit;
Le lion quelque peu rugit,
Le serpent siffla de colère.

Vitalis ne sachant que faire,
Pour se tirer de sa misère,
Appelle au secours, à grands cris.
Un bûcheron, dans le taillis,
Entend de loin sa voix plaintive :
Il prête une oreille attentive,
Va du côté d'où vient la voix,
Et, tout en ramassant du bois,
Arrive à ce lieu de détresse.
Il y jette un œil curieux,
Interroge le malheureux,
Qui, d'un accent plein de tristesse,
Par pitié, pour l'amour de Dieu,
it-il, sauvez-moi de ce lieu.
Je suis très connu dans Venise
Par ma richesse et par mon rang.
—Et pour un service si grand
Quelle récompense est promise,
ui demande le paysan?
Oh! la moitié de ma fortune,
eprend avec vivacité,
ie noble, à qui sa liberté,

Dans ce cruel jour d'infortune,
Paraît digne d'un si haut prix.
Sur cette brillante promesse,
Le bûcheron vite s'empresse
D'aller en son humble logis,
Pour en rapporter une échelle
Propre à son généreux dessein,
Se forgeant, pendant le chemin,
Une félicité nouvelle,
Qu'il fonde, avec quelque raison,
Sur le noble hors de prison.
Animé par cette espérance,
Il revient donc en diligence
Où son retour tant désiré
Doit remplir une double attente.
Vitalis enfin rassuré
Par l'échelle que lui présente
Le bûcheron officieux,
Le pied déjà levé, s'apprête
A quitter ce trou dangereux ;
Mais le lion soudain l'arrête.
Impatient autant que lui
De recouvrer l'indépendance,

D'un bond, sur l'échelle il s'élance
Et sort de ce profond réduit.
Le serpent non moins prompt le suit ;
Sur les échelons il se dresse,
Et sur ses anneaux écailleux
Glisse, s'allonge, court et laisse
Le noble et le piége odieux.
Le bûcheron reste immobile
D'étonnement et de frayeur.
Vitalis monte plus tranquille,
Rend grâce à son libérateur,
Lui renouvèle sa promesse
Et part lui laissant son adresse.
Le bûcheron, de son côté,
Comptant sur sa fidélité,
Joyeux, regagne sa chaumière,
Se doutant peu que par derrière
Les deux animaux redoutés
Suivent ses pas précipités.
Il ne voit que la récompense
Qu'il croit déjà tenir en main.
Ici bas, la reconnaissance

6.

N'est pas toujours au cœur humain :
Il en fera l'expérience.

Il prenait son frugal dîner,
Pensant au noble de Venise,
Lorsque, pour comble de surprise,
Le lion qui veut témoigner
Sa reconnaissance, à sa guise,
Arrive d'un air caressant;
Agitant sa longue crinière,
Battant la queue et bondissant,
Rugissant de douce manière.
Il tient à la gueule un chevreau,
Aussi poli que gras et beau,
Qu'il pose sur la table nue,
De la queue encore il salue
Et s'éloigne joyeusement.
Autre sujet d'étonnement :
Le lion disparaît à peine
Que voici venir le serpent,
La crête haute, et qui se traîne
En plis et replis tortueux ;
Le plaisir brille dans ses yeux.

Il se glisse dans la chaumière,
S'y roule, y forme un long circuit
Qui l'enveloppe tout entière.
D'un vif azur tout son corps luit.
Après mainte et mainte souplesse,
De ses plis déroulant l'ampleur,
Il vient à son libérateur,
Présenter, d'un air de caresse,
Un diamant d'un riche prix,
Qu'il dépose sur la banquette
Où le bûcheron est assis.
Son offrande étant ainsi faite,
En se retirant, il répète
Et ses contours et ses replis.
Pas n'est besoin, je crois, de dire,
L'état difficile à décrire
Où ce animaux et leur don
Ont laissé notre bûcheron.

Peu de jours après, à Venise,
Il se rend, tout plein de l'espoir
Qu'il va sur-le-champ recevoir
Sa récompense tant promise.

Si des animaux malfaisants
Ont été si reconnaissants,
Un riche de si haut parage,
Doit l'être, dit-il, davantage.
Il arrive chez Vitalis :
Banquet de nôce et grande fête
Étaient en ce jour au logis.
Le bûcheron fait sa requête
Le noble quitte son repas,
Grondant et murmurant tout bas.
Il l'accueille d'un air sévère,
Et, s'étonnant de sa prière,
Feint de ne le connaître pas ;
Il le rebute, entre en colère,
Et commande avec dureté
Que l'on chasse ce téméraire ;
L'ordre est bientôt exécuté.
Le bûcheron, fort de sa cause,
Va porter plainte au magistrat,
Dans son langage simple, expose
Ce qu'il a fait pour un ingrat,
Raconte la reconnaissance

Et du lion et du serpent.
Montre au juge le diamant
Qu'il a reçu pour récompense.
Le juge équitable indigné
Fait droit à sa trop juste plainte,
Et Vitalis est condamné,
Et par arrêt et par contrainte,
A donner à son bienfaiteur
Ce qu'il promit dans son malheur.

L'homme a, dit-on, seul en partage,
Le sentiment et la raison,
Mais l'animal le plus sauvage
Souvent lui donne une leçon ;
Les bienfaits, sur son cœur superbe,
Pèsent comme un fardeau fâcheux,
Tandis qu'un reptile, sous l'herbe,
En garde un souvenir heureux.